紅樓夢第四十三回

閒取樂偶攢金慶壽　不了情暫撮土爲香

話說王夫人因見賈母那日在大觀園不過着了些風寒不是什麽大病請醫生吃了兩劑藥也就好了命鳳姐來吩咐他預偹給賈政帶送東西正商議着只見賈母打發人來叫王夫人忙引着鳳姐兒過來王夫人又請問這會子可又覺大安些賈母道今日可大好了方纔你們送來野鷄崽子湯我嘗了一嘗倒有味兒又吃了兩塊肉心裡狠受用王夫人笑道這是鳳丫頭孝敬老太太的算他的孝心虔不枉了素日老太太疼他賈母點頭笑道難爲他想着若是還有生的再炸上兩塊鹹浸浸

的喝粥有味兒那湯雖好就只不對稀飯鳳姐聽了連忙答應命人到大厨房傳話這裡賈母又向王夫人笑道我打發人找你來不爲別的初二日是鳳丫頭的生日上兩年我原想着替他做生日偏到跟前又有事就混過去了今年人又齊全料着又沒事偺們大家好生樂一天王夫人笑道我也想着呢既是老太太高興何不就商議定了賈母笑道我想往年不拘誰做生日都是各自送各自的禮這個也俗了也覺太生分今兒我出個新法子又不生分又可以取樂兒王夫人忙道老太太怎麽想着好就是怎麽樣行賈母笑道我想着偺們也學那小家子大家湊個分子多少儘着這錢去辦你說好不好王夫人道

這個很好但不知怎麼個奏法兒賈母聽說一發高興起來忙遣人去請薛姨媽邢夫人等又叫請姑娘們並寶玉和那府裡的尤氏和賴大家的及有些頭臉管事的媳婦也都叫了來衆丫頭婆子見賈母十分高興也都高興忙忙的各自分頭去請的請傳的傳沒頓飯的工夫老的少的上的下的烏壓壓擠了一屋子只薛姨媽和賈母對坐邢夫人王夫人只坐在房門前兩張椅子上寶釵姐妹等五六個人坐在炕上寶玉坐在賈母懷前底下滿滿的站了一地賈母忙命拿幾張小杌子來給賴大母親等幾個高年有體面的嬤嬤坐了賈府風俗年高伏侍過父母的家人比年輕的主子還有體面所以尤氏鳳姐等只管地下站着那賴大的母親等三四個老嬤嬤告了罪都坐

在小杌子上賈母笑着把方纔一夕話說與衆人聽了衆人誰不湊這趣兒呢再也有和鳳姐兒好情愿這樣的也有怕鳳姐兒巴不得奉承他的况且都是拿的出來的所以一聞此言都欣然應諾賈母先道我出二十兩薛姨媽笑道我隨著老太太也是二十兩邢夫人王夫人笑道我們不敢和老太太並肩自然矮一等每人十六兩罷了尤氏李紈也笑道我們自然又矮一等每人十二兩罷賈母忙和李紈道你寡婦失業的那裡還拉你出這個錢我替你出了罷鳳姐忙笑道老太太別高興且算一算賬再攬事老太太身上已有兩分呢這會子又替大嫂

子出十六兩說着高興一會子冊想又心疼了過後兒又說都是爲鳳丫頭花了錢使個巧法子哄着我拿出三四倍子来暗裡補上我還做夢呢說的衆人都笑了賈母笑道依你怎麽樣呢鳳姐笑道生日没到我這會子巳經折受的不受用了我一個錢也不出驚動這些人實在不安不如大嫂子這分我替他出了罷我到那一日多吃些東西就享了福了邢夫人等聽了都說狠是賈母方允了鳳姐兒又笑道我還有一句話呢我想老祖宗自巳二十兩又有林妹妹寶兄弟的兩分子姨媽自巳二十兩又有寶妹妹的一分子這倒也公道只是二位太太每位十六兩自巳又少又不替人出這有些不公道老祖宗吃了

虧了賈母聽了呵呵大笑道到底是我的鳳丫頭向着我這說的狠是要不是你我叫他們又哄了去了鳳姐笑道老祖宗只把他哥兒兩個交給兩位太太一位占一個派每位替出一分就是了賈母忙說這狠公道就是這樣賴大的母親忙站起來笑道這可反了我替二位太太生氣在那邊是兒子媳婦在這邊是內姪女兒倒不向着婆婆姑姑倒向著别人這兒媳婦倒成了陌路人內姪女兒倒成了外姪女兒了說的賈母和衆人都大笑起來了賴大的母親因又問道少奶奶們十二兩我們自然也該矮一等了賈母聽說道這使不得你們雖該矮一等我知道你們這幾個都是財主位雖低些錢却比他們多你

們和他們一例纔使得衆嬷嬷聽了連忙答應賈母又道姑娘們不過應個景兒每人照一個月的月例就是了又回頭叫鴛鴦來你們也湊幾個人商議湊了來鴛鴦答應着去不多時帶了平兒襲人彩霞等還有幾個丫頭來也有二兩的也有一兩的賈母因問平兒你難道不替你主子做生日還入在這裏頭平兒笑道我那個私自另外的有了這是公中的也該出一分賈母笑道這纔是好孩子鳳姐又笑道上下都全了還有二位姨奶奶他出不出也問一聲兒儘到他們是理不然他們只當小看了他們了賈母聽說忙說可是呢怎麽倒忘了他們只怕他們不得閑兒叫個丫頭問問去說着早有丫頭去了半日回

來說道每位也出二兩賈母喜歡道拿筆硯來算明共計多少尤氏因悄悄的罵鳳姐道我把你這沒足敎的小蹄子兒這麽些婆婆嬸子湊銀子給你做生日你還不彀又拉上兩個苦瓠子鳳姐也悄悄的笑道你少胡說一會子離了這裡我纔和你算賬他們兩個爲什麽苦呢有了錢也是白塡還別人不如拘了來偺們樂說着早已合了共湊了一百五十兩有零賈母道一天戲酒用不了尤氏道既不請客酒席又不多兩三日的用度都彀了頭等戲不用錢省在這上頭賈母道鳳丫頭說那一班好就傳那一班鳳姐道偺們家的班子都聽熟了倒是花幾個錢叫一班來聽聽罷賈母道這件事我交給珍哥媳婦了越

發叫鳳丫頭別操一點心兒受用一日纔筭尤氏答應着又說了一回話都知賈母乏了纔漸漸的散出來尤氏等送出邢夫人王夫人二人散去因往鳳姐房裡來商議怎麼辦生日的話鳳姐兒道你不用問我你只看老太太的眼色兒行事就完了尤氏笑道你這麼個阿物兒也忒行了大運了我當有什麼事叫我們去原來单為這個出了錢不算還叫我操心你怎麼謝我鳳姐笑道別扯臊我又沒叫你來謝你什麼你怕操心你這會子就回老太太去再派一個就是了尤氏笑道你瞧瞧把他倖的這個樣兒我勸你收着些兒好太滿了就要流出來了二人又說了一回方散次日將銀子送到寧國府來尤氏方纔起

來梳洗因問是誰送過來的丫頭們回說林媽尤氏便命叫了他來丫頭們走至下房叫了林之孝家的過來尤氏命他脚踏上坐了一面忙着梳洗一面問他這一包銀子共多少林之孝家的回說這是我們底下人的銀子湊了先送過來老太太和太太們的還沒有呢正說着丫頭們回說那府裡的姨太太打發人送了分子來了尤氏笑罵道小蹄子們啱會記得這些沒要緊的話昨兒不過是老太太一時高興故意兒的學那小家子湊分子你們就記得了到了你們嘴裡當正經話說還不快接進來呢丫頭們笑着忙接銀子進來一共兩封連寶釵黛玉的都有了尤氏問還少誰的林之孝家的道還少老太太太太

姑娘們的我們底下姑娘們的尤氏道還有你們大奶奶的呢林之孝家的道奶奶過去這銀子都從二奶奶手裡發一共都有了說着尤氏梳洗了命人伺候車輛一時來至榮府先來見鳳姐只見鳳姐已將銀子封好正要送去尤氏問都齊了麼鳳姐笑道都有了快拿去罷丟了我不管尤氏笑道我有些信不及倒要當面點一點說着果然按數一點只沒有李紈的一分尤氏笑道我說你鬧鬼呢怎麼你大嫂子的沒有鳳姐笑道那麼些還不彀就短一分兒也罷了等不彀了我再找給你尤氏道昨兒你在人跟前做情今兒又來和我賴這我可不依你我只和老太太要去鳳姐笑道我看你利害明兒有了事我也丁

是丁卯是卯的你也別抱怨尤氏笑道只這一分兒不給也罷了要不看你素日孝敬我我今來依你麼說着把平兒的一分也拿出來說道平兒來把你的收了去等不彀了我替你添上平兒會意笑道奶奶先使著若剩下了再賞我一樣尤氏笑道只許你主子作弊就不許我作情嗎平兒只得收了尤氏又道我看着你主子這麼細緻弄這些錢那裡使去使不了明兒帶了棺材裡使去一面說著一面又往賈母處來先請了安大槩說了兩句話便走到鴛鴦房中和鴛鴦商議只聽鴛鴦的主意行事何以討賈母喜歡二人計議妥當尤氏臨走時也把鴛鴦的二兩銀子還他說這還使不了呢說著一逕出來又至王夫

人跟前說了一回話因王夫人進了佛堂把彩雲的一分也還了他鳳姐兒不在跟前一時把周趙二人的也還了他兩個還不敢收尤氏道你們可憐見的那裡有這些閒錢鳳丫頭便知道了有我應著呢二人聽說千恩萬謝的收了轉眼已是九月初二日園中人都打聽得尤氏辦得十分熱鬧不但有戲連耍百戲並說書的女先兒全有都打點着取樂頑耍李紈又向衆姐妹道今兒是正經社日可別忘了寶玉也不來想必他不知又貪住什麼頑意兒把這事又忘了說着便命丫頭去瞧做什麼呢快請了來丫頭去了半日回說花大姐姐說今兒一早就出門去了衆人聽了都詫異說再沒有出門之理這丫頭糊塗

因又命翠墨去一時翠墨回來說可不真出門了說有個朋友死了出去探喪去了探春道斷然沒有的事憑他什麼再沒有今日出門之理你叫襲人來我問他剛說著只見襲人走來李紈等都說道今兒憑他有什麼事也不該出門頭一件你二奶奶的生日老太太都這麼高興兩府上下都湊熱鬧兒他倒走了第二件又是頭一社的正日子也不告假就私自去了襲人嘆道昨兒晚上就說了今兒一早有要緊的事到北靜王府裡去就趕着回來勸他別去他必不依今兒一早起來又要素衣裳穿想必是北靜王府裡要緊的什麼人沒了也未可知李紈等道若果如此也該去走走只是也該回來了說着大家又商

讓偺們只管作詩等他來罰他剛說着只見賈母已打發人來請便都往前頭去了襲人回明寶玉的事賈母不樂便命人接去原來寶玉心裡有件心事於頭一日就吩咐焙茗明日一早出門備兩匹馬在後門口等着不用別人跟着說給李貴我往北府裡去了倘或要有人找我叫他攔住不用找只說北府裡留下了橫豎就來的焙茗也摸不著頭腦只得依言說了今兒一早果然備了兩匹馬在園後門等著天亮了只見寶玉遍體純素從角門出來一語不發跨上馬一灣腰順着街就趙下去了焙茗也只得跨上馬加鞭趕上在後面忙問往那裡去寶玉道這條路是往那裡去的焙茗道這是出北門的大道出去了

冷清清沒有什麽頑的寶玉聽說點頭道正要冷清清的地方說着越發加了兩鞭那馬早已轉了兩個灣子出了城門焙茗越發不得主意只得緊緊的跟着一氣跑了七八里路出來人烟漸漸稀少寶玉方勒住馬回頭問焙茗道這裡可有賣香的焙茗道香倒有不知是那一樣寶玉想道別的香不好須得檀芸降三樣焙茗笑道這三樣可難得寶玉爲難焙茗見他爲難因問道要香做什麼使我見二爺時常帶的小荷包兒有散香何不找找一句提醒了寶玉便回手衣襟上掛着個荷包摸了一摸竟有兩星沉速心內喜歡只是不恭些再想自已親身帶的倒比買的又好些於是又問爐炭焙茗道這可罷了荒郊野

外那裡有既用這些何不早說帶了來豈不便宜寶玉道糊塗東西要可以帶了來又不這樣沒命的跑了焙茗想了半日笑道我得了個主意不知二爺心下如何我想來二爺不止用這個只怕還要用別的這也不是事如今我們索性往前再走二里就是水仙菴了寶玉聽了忙問水仙菴就在這裡更好了我們就去說着就加鞭前行一面回頭向焙茗道這水仙菴的姑子長往僭們家去這一去到那裡和他借香爐使使他自然是肯的焙茗道別說是僭們家的香火就是平白不認識的廟裡和他借他也不敢駁回只是一件我常見二爺最厭這水仙菴的如何今兒又這樣喜歡了寶玉道我素日最恨俗人不知原故混供神混蓋廟這都是當日有錢的老公們和那些有錢的愚婦們聽見有個神就蓋起廟來供着也不知那神是何人因聽些野史小說便信真了比如這水仙菴裡面因供的是洛神故名水仙菴殊不知古來並沒有個洛神那原是曹子建的謊話誰知這起愚人就塑了像供着今兒却合我的心事故借他一用說着早已來至門前那老姑子見寶玉來了事出意外竟像天上掉下個活龍來的一般忙上來問好命老道來接馬寶玉進去也不拜洛神之像却只管賞鑒雖是泥塑的却真有那翩若驚鴻婉若游龍荷出綠波日映朝霞的姿態寶玉不覺滴下淚來老姑子獻了茶寶玉因和他借香爐燒香那姑子去了

半日連香供紙馬都預備了來寶玉一槩不用說道命焙茗捧着爐出至後園中揀一塊干淨地方兒竟揀不出焙茗道那井臺上如何寶玉點頭一齊來至井臺上將爐放下焙茗站過一傍寶玉掏出香來焚上含淚施了半禮回身命收了去焙茗答應且不收忙爬下磕了幾個頭口內祝道我焙茗跟二爺這幾年二爺的心事我沒有不知道的只有今兒這一祭祀沒有告訴我我也不敢問只是受祭的陰魂雖不知名姓想來自然是那人間有一天上無雙極聰明清雅的一位姐姐妹妹了二爺的心事難出口我替二爺祝贊你你若有靈有聖我們二爺這樣想著你你也時常來望候望候二爺未嘗不可你在陰間保

佑二爺來生也變個女孩兒和你們一處頑耍豈不兩下裡都有趣了說畢又磕了幾個頭纔爬起來寶玉聽他沒說完便掌不住笑了因踢他道別胡說看人聽見笑話焙茗起來收過香爐和寶玉走着因道我已經合姑子說了二爺還沒用飯叫他收拾了些東西二爺免強吃些我知道今兒裡頭大排筵宴熱鬧非常二爺為此纔躲了來的橫竪在這裡清凈一天也就儘禮了要不吃東西斷使不得寶玉道戲酒不吃這隨便的吃些也不妨焙茗道這纔是還有一說偺們來了必有人不放心若沒有人不放心便晚晚進城何妨若有人不放心二爺須得進城回家去纔是第一老太太太太也放了心第二禮也盡了不

過這麽着就是家去聽戲喝酒也並不是爺有意原是陪着父母盡個孝道兒要單爲這個不顧老太太太太懸心就是纔受祭的陰魂兒也不安哪二爺想我這話怎麽樣寶玉笑道你的意思我猜著了你想著只你一個跟了我出來回來你怕擔不是所以拿這大題目來勸我我纔來了不過爲盡個禮再去吃酒看戲並没說一日不進城這已經完了心愿赶着進城大家放心就是了焙茗道這更好說著二人來至禪堂果然那姑子收拾了一桌好素菜寶玉胡亂吃了些焙茗也吃了二人便上馬仍回舊路焙茗在後面只囑咐二爺好生騎着這馬總没大騎手提緊着些兒一面說着早已進了城仍從後門進去忙忙

來至怡紅院中襲人等都不在屋裡只有幾個老婆子看屋子見他來了都喜的眉開眼笑道阿彌陀佛可來了没把花姑娘急瘋了呢上頭正坐席呢二爺快去罷寶玉聽說忙將素衣脫了自已找了顏色吉服換上便問道都在什麽地方坐席呢老婆子們回道在新蓋的大花廳上呢寶玉聽了一逕往花廳上來耳内早隱隱聞得簫管歌吹之聲剛到穿堂那邊只見玉釧兒獨坐在廊簷下垂淚一見寶玉來了便長出了一口氣咂着嘴兒說道嗳鳳凰來了快進去罷再一會子不來可就都反了寶玉陪笑道你猜我往那裡去了玉釧兒把身一扭也不理他只管拭淚寶玉只得快快的進去了到了花廳上見了賈母王

夫人等衆人眞如得了鳳凰一般賈母先問道你往那裡去了這早晚纔來還不給你姐姐行禮去呢因笑着又向鳳姐兒道你兄弟不知好歹就有要緊的事怎麽也不說一聲兒就私自跑了這還了得明兒再這樣等你老子囘家必告訴他打你鳳姐兒笑着道行禮倒是小事寶兄弟明兒斷不可不言語一聲兒也不傳人跟着就出去街上車馬多頭一件叫人不放心再也不像咱們這樣人家出門的規矩這裡賈母又罵跟的人爲什麽都聽他的話說往那裡去就去了也不囘一聲兒一面又問他到底往那裡去了可吃了什麽没有唬着了没有寶玉只囘說北靜王的一個愛妾没了今日給他道惱去我見他哭的

那樣不好撇下他就囘來所以多等了會子賈母道巳後再私自出門不先告訴我一定叫你老子打你寶玉連忙答應着賈母又要打跟的人衆人又勸道老太太也不必生氣了他巳經答應不敢了况且囘來又没事大家該放心樂一會子了賈母先不放心自然著急發狠今見寶玉囘來喜且有餘那裡還恨也就不提了還怕他不受用或者别處没吃飯路上着了驚恐反又百般的哄他襲人早巳過來伏侍大家仍就聽戲當日演的是荊釵記賈母薛姨媽等都看的心酸落淚也有笑的也有恨的也有駡的要知端底下囘分解

紅樓夢第四十三囘終

紅樓夢第四十四回

變生不測鳳姐潑醋　喜出望外平兒理粧

話說寶玉和姐妹一處坐着同衆人看演荊釵記黛玉因看到男祭這齣上便和寶釵說道這王十朋也不通的狠不管在那裡祭一祭罷了必定跑到江邊上來做什麽俗語說覩物思人天下的水總歸一源不拘那裡的水舀一碗看着哭去也就盡情了寶釵不答寶玉聽了却又發起獃來且說賈母心想今日不比往日定要教鳳姐痛樂一日本自己懶怠坐席只在裡間屋裡榻上歪着和薛姨媽看戲隨心愛吃的揀幾樣放在小几上隨意吃着說話兒將自己兩棹席面賞那沒有席面的大小

丫頭並那應着差的婦人等命他們在窗外廊簷下也只管坐着隨意吃喝不必拘理王夫人和邢夫人在地下高棹上坐著外面幾席是他們姐妹們坐賈母不時吩咐尤氏等讓鳳丫頭坐上面你們好生替我待東難爲他一年到頭辛苦尤氏答應了又笑回道他說坐不慣首席坐在上頭橫不是竪不是的酒也不肯喝賈母聽了笑道你不會等我親自讓他去鳳姐兒忙也進來笑說老祖宗別信他們的話我喝了好幾鍾了賈母笑着命尤氏等拉他出去按在椅子上你們都輪流敬他他再不吃我當真的就親自去了尤氏聽說忙笑着又拉他出來坐下命人拿了臺盞斟了酒笑道一年到頭難爲你孝順老太太太

太和我我今兒没什麽疼你的親自斟酒我的乖乖你在我手裡喝一口罷鳳姐兒笑道你要安心孝敬我跪下我就喝尤氏笑道說的你不知是誰我告訴你說罷好容易今兒這一遭過了後兒知道還得像今兒這樣的不得了趂着儘力灌兩鍾子罷鳳姐兒見推不過只得喝了兩鍾接着衆姐妹也來鳳姐也只得每人的喝了兩口賴嬤嬤見賈母尚且這等高興也少不得來凑趣兒領著些嬤嬤們也來敬酒鳳姐兒也難推脫只得喝了兩口鴛鴦等也都來敬鳳姐兒眞不能了忙央告道好姐姐們饒了我罷我明兒再喝罷鴛鴦笑道眞個的我們是没臉的了就是我們在太太跟前太太還賞個臉兒呢往常倒有些體面今兒當着這些人倒做起主子的款兒來了我原不該來不喝我們就走說着眞個回去了鳳姐兒忙忙拉住笑道好姐姐我喝就是了說着拿過酒來滿滿的斟了一盃喝乾鴛鴦方笑了散去然後又入席鳳姐兒自覺酒沉了心裡突突的往上撞要往家去歇歇只見那耍百戲的上來便和尤氏說預備賞錢我要洗洗臉去尤氏點頭鳳姐兒瞅人不防便出了席往房門後簷下走來平兒留心也忙跟了來鳳姐便扶着他纔至穿廊下只見他屋裡的一個小丫頭子正在那裡站著見他兩個來了回身就跑鳳姐兒便疑心忙叫那丫頭先只粧聽不見無奈後面連聲兒叫也只得回來鳳姐兒越發起了疑心忙和平

兒進了穿廊叫那小丫頭子也進來把槅扇開了鳳姐坐在當院子的臺階上命那丫頭子跪下喝命平兒叫兩個二門上的小厮來拿繩子鞭子把眼睛裡沒主子的小蹄子打爛了那小丫頭子已經嚇的魂飛魄散哭着只管碰頭求饒鳳姐兒問道我又不是鬼你見了我不識規矩站住怎麽倒往前跑小丫頭子哭道我原沒看見奶奶來我又惦記着屋裡沒人纔跑來着鳳姐兒道屋裡既沒人誰叫你又來的你就沒看見我和平兒在後頭扯着脖子叫了你十來聲越叫越跑離的又不遠你聾了嗎你還和我强嘴說着揚手一巴掌打在臉上打的那小丫頭子一栽這邊臉上又一下登時小丫頭子兩腮紫脹起來平兒忙勸奶奶仔細手疼鳳姐便說你再打著問他跑什麽他再不說把嘴撕爛了他的那小丫頭子先還强嘴後來聽見鳳姐兒要燒了紅烙鐵来烙嘴方哭道二爺在家裡打發我來這裡瞧着奶奶要見奶奶散了先叫我送信兒去呢不承望奶奶這會子就來了鳳姐兒見話裡有文章便又問道叫你瞧着我做什麽難道不叫我家去嗎必有別的原故快告訴我我從此以後疼你你要不實說立刻拿刀子来割你的肉說着回頭向頭上拔下一根簪子來向那丫頭嘴上亂戳嚇的那丫頭一行躲一行哭求道我告訴奶奶可別說我說的平兒一傍勸一面催他叫他快說丫頭便說道二爺也是纔来來了就開箱子拿了

兩塊銀子還有兩支簪子兩疋緞子叫我悄悄的送與鮑二的老婆去叫他進來他收了東西就往偺們屋裡來了二爺叫我瞧著奶奶底下的事我就不知道了鳳姐聽了巳氣的渾身發軟忙立起身來一逕來家剛至院門只見有一個小丫頭在門前探頭兒一見了鳳姐也縮頭就跑鳳姐兒提着名字喝住那丫頭本來伶俐見躲不過了越發的跑出來了笑道我正要告訴奶奶去呢可巧奶奶來了鳳姐道告訴我什麼那丫頭便說二爺在家這般如此將方纔的話也說了一遍鳳姐啐道你早做什麼了這會子我看見你了你來推干凈兒說着揚手一下打的那丫頭一個趔趄便攝脚兒走了鳳姐來至窗前往裡聽

時只聽裡頭說笑道多早晚你那閻王老婆死了就好了賈璉道他死了再娶一個也是這麼着又怎麼樣呢那個又道他死了你倒是把平兒扶了正只怕還好些賈璉道如今連平兒他也不叫我沾一沾了平兒也是一肚子委屈不敢說我命裡怎麼就該犯了夜叉星鳳姐聽了氣的渾身亂戰又聽他們都讚平兒便疑平兒素日背地裡自然也有怨言了那酒越發湧上來了也並不忖奪回身把平兒先打了兩下子一脚踢開了門進去也不容分說抓著鮑二家的就撕打又怕賈璉走了堵着門站着罵道好娼婦你偷主子漢子還要治死主子老婆平兒過來你們娼婦們一條籐兒多嫌着我外面兒你哄我說着又把

平兒打了幾下打的平兒有寃無處訴只氣得干哭罵道你們做這些沒臉的事好好的又拉上我做什麼說着也把鮑二家的撕打起來賈璉也因吃多了酒進來高興不曾做的機密一見鳳姐來了早沒了主意又見平兒也鬧起來把酒也氣上來了鳳姐兒打鮑二家的他已又氣又愧只不好說的今見平兒也打便上來踢罵道好娼婦你也動手打人平兒氣怯忙住了手哭道你們背地裏說話爲什麼拉我呢鳳姐見平兒怕賈璉越發氣了又赶上來打着平兒偏叫打鮑二家的平兒急了便跑出來找刀子要尋死外面衆婆子了頭忙攔住解勸這裏鳳姐見平兒尋死去便一頭撞在賈璉懷裏叫道他們一條籐兒

害我被我聽見倒都唬起我來你來勒死我罷賈璉氣的墻上拔出劍來說道不用尋死我眞急了一齊殺了我償了命大家干凈正鬧的不開交只見尤氏等一羣人來了說這是怎麼說纔好好的就鬧起來賈璉見了人越發倚酒三分醉逞起威風來故意要殺鳳姐兒鳳姐兒見人來了便不似先前那般潑了撂下衆人便哭着往賈母那邊跑此時戲已散了鳳姐跑到賈母跟前爬在賈母懷裏只說老祖宗救我璉二爺要殺我呢賈母邢夫人王夫人等忙問怎麼了鳳姐兒哭道我纔家去換衣裳不妨璉二爺在家和人說話我只當是有客來了唬的我不敢進去在窗戶外頭聽了一聽原來是鮑二家的媳婦商議說

我利害要拿毒藥給我吃了治死我把平兒扶了正我原生了氣又不敢和他吵打了平兒兩下子問他爲什麽害我他臊了就要殺我賈母聽了都信以爲真說這還了得快拿了那下流種子來一語未完只見賈璉拿著劍赶來後面許多人赶賈璉明仗着賈母素昔疼他們連母親嬸娘也無得故逞强鬧了來邢夫人王夫人見了氣的忙攔住罵道這下流東西你越發反了老太太在這裡呢賈璉乜斜著眼道都是老太太慣的他他纔敢這麽着連我也罵起來了邢夫人氣的奪下劍來只管喝他快出去那賈璉撒嬌撒痴涎言涎語的還只亂說賈母氣的說道我知道我們你放不到眼裡叫人把他老子叫了來看他去不去賈璉聽見這話方趔趄着脚兒出去了賭氣也不往家去便往外書房來這裡邢夫人王夫人也說鳳姐賈母道什麽要緊的事小孩子們年輕饞嘴猫兒是的那裡保的住呢從小兒人人都打這麽過這都是我的不是叫你多喝了兩口酒又吃起醋來了說的衆人都笑了賈母又道你放心明兒我叫你女壻替你賠不是你今兒別過去臊着他因又罵平兒那蹄子素日我倒看他好怎麽背地裡這麽壞尤氏等笑道平兒没有不是是鳳丫頭拿着人家出氣兩口子生氣都拿著平兒煞性子平兒委屈的什麽兒是的老太太還罵人家賈母道這就是了我說那孩子倒不像那狐媚魘道的旣這麽着可憐見的

白受他的氣因叫琥珀來你去告訴平兒就說我的話我知道他受了委曲明兒我叫他主子來替他賠不是今兒是他主子的好日子不許他胡鬧原來平兒早被李紈拉入大觀園去了平兒哭的哽噎難言寶釵勸道你是個明白人你們奶奶素日何等待你今兒不過他多吃了一口酒他可不拿你出氣難道拿別人出氣不成別人又笑話他是假的了正說着只見琥珀走來說了賈母的話平兒自覺面上有了光輝方纔漸漸的好了也不往前頭來寶釵等歇息了一回方來看賈母鳳姐寶玉便讓了平兒到怡紅院中來襲人忙接着笑道我先原要讓你的只因大奶奶和姑娘們都讓你我就不好讓的了平兒也陪

笑說多謝因又說道好好兒的從那裡說起無緣無故白受了一場氣襲人笑道二奶奶素日待你好這不過是一時氣急了平兒道二奶奶倒沒說的只是那娼婦治的我他又偏拿我湊趣兒還有我們那糊塗爺倒打我說着便又委屈禁不住淚流下來寶玉忙勸道好姐姐別傷心我替他兩個賠個不是罷平兒笑道與你什麼相干寶玉笑道我們弟兄姊妹都一樣他們得罪了人我替他賠個不是也是應該的又道可惜這新衣裳也沾了這裡有你花妹妹的衣裳何不換下來拿些個燒酒噴了熨一熨把頭也另梳一梳一面說一面吩咐了小丫頭子們舀洗臉水燒熨斗來平兒素昔只聞人說寶玉專能和女孩們

接交寶玉素日因平兒是賈璉的愛妾又是鳳姐兒的心腹故不肯和他厮近因不能盡心也常為恨事平兒如今見他這般心中也暗暗的敁敪果然話不虛傳色色想的週到又見襲人特特的開了箱子拿出兩件不大穿的衣裳忙來洗了臉寶玉一傍笑勸道姐姐還該擦上些脂粉不然倒像是和鳳姐姐賭氣的是的況且又是他的好日子而且老太太又打發了人來安慰你平兒聽了有理便去找粉只不見粉寶玉忙走至粧台前將一個宣窑磁盒揭開裡面盛着一排十根玉簪花棒兒拈了一根遞與平兒又笑說道這不是鉛粉這是紫茉莉花種研碎了對上料製的平兒倒在掌上看時果見輕白紅香四樣俱

美撲在面上也容易勻净且能潤澤不像別的粉澀滯然後看見胭脂也不是一張卻是一個小小的白玉盒子裡面盛着一盒如玫瑰膏子一樣寶玉笑道鋪子裡賣的胭脂不平净顏色也薄這是上好的胭脂擰出汁子來淘澄净了配了花露蒸成的只要細簪子挑一點兒抹在唇上足彀了用一點水化開抹在手心裡就彀拍臉的了平兒依言裝飾果見鮮艷異常且又甜香滿頰寶玉又將盆內開的一支並蒂秋蕙用竹剪刀鉸下來替他簪在鬢上忽見李紈打發丫頭來喚他方忙忙的去了寶玉因自來從不曾在平兒前盡過心且平兒又是個極聰明極清俊的上等女孩兒比不得那起俗拙蠢物深以為恨今日

是金釧兒生日故一日不樂不想後來鬧出這件事來竟得在平兒前稍盡片心也算今生意中不想之樂因歪在床上心內怡然自得忽又思及賈璉惟知以淫樂悅己並不知作養脂粉又思平兒並無父母兄弟姊妹獨自一人供應賈璉夫婦二人賈璉之俗鳳姐之威他竟能周全妥貼今兒還遭荼毒也就薄命的狠了想到此間便又傷感起來復又起身見方纔的衣裳上噴的酒已半乾便拿熨斗熨了疊好見他的絹子忘了去上面猶有淚痕又擱在盆中洗了晾上又喜又悲悶了一回也往稻香村來說了一回閒話兒掌燈後方散平兒就在李紈處歇了一夜鳳姐只跟着賈母睡賈璉晚間歸房冷清清的又不好去

叫只得胡亂睡了一夜次日醒了想昨日之事大沒意思後悔不來邢夫人惦記着昨日賈璉醉了忙一早過來叫了賈璉過賈母這邊來賈璉只得忍愧前來在賈母面前跪下賈母問他怎麽了賈璉忙賠笑說昨兒原是吃了酒驚了老太太的駕今兒來領罪賈母啐道下流東西灌了黃湯不說安分守己的挺屍去倒打起老婆來了鳳丫頭成日家說嘴霸王是的一個人昨兒唬的可憐要不是我你要傷了他的命這會子怎麽樣賈璉一肚子的委屈不敢分辯只認不是賈母又道鳳丫頭和平兒還不是個美人胎子你還不足成日家偷雞摸狗腥的臭的都拉了你屋裏去爲這起娼婦打老婆又打屋裏的人你還虧

是大家子的公子出身活打了嘴了你若眼睛裡有我你起来我饒了你乖乖的替的媳婦賠個不是兒拉了他家去我就喜歡了要不然你只管出去我也不敢受你的頭賈璉聽如此說又見鳳姐兒站在那邊也不盛粧哭的眼睛腫著也不施脂粉黃黃臉兒比往常更覺可憐可愛想著不如賠了不是彼此也好了又討老太太的喜歡想畢便笑道老太太的話我不敢不依只是越發縱了他了賈母笑道胡說我知道他最有禮的再不會冲撞人他日後得罪了你我自然也做主叫你降伏就是了賈璉聽說爬起來便與鳳姐兒作了一個揖笑道原是我的不是二奶奶別生氣了滿屋裡的人都笑了賈母笑道鳳丫頭

不許惱了再惱我就惱了說着又命人去叫了平兒來命鳳姐兒和賈璉安慰平兒賈璉見了平兒越發顧不得了所謂妻不如妾聽賈母一說便赶上來說道姑娘昨日受了屈了都是我的不是奶奶得罪了你也是因我而起我賠了不是不筭外還替你奶奶賠個不是說著也作了一個揖引的賈母笑了鳳姐兒也笑了賈母又命鳳姐來安慰平兒平兒忙走上來給鳳姐兒磕頭說奶奶的千秋我惹的奶奶生氣是我該死鳳姐兒正自愧悔昨日酒吃多了不念素日之情浮躁起來聽了傍人的話無故給平兒沒臉今見他如此又是慚愧又是心酸忙一把拉起來落下淚來平兒道我伏侍了奶奶這麼幾年也沒彈我

一指甲就是昨兒打我我也不怨奶奶都是那娼婦治的怨不
得奶奶生氣說着也滴下淚來了賈母便命人將他三人送回
房去有一個再提此話卽刻來回我我不管是誰拿拐棍子給
他一頓三個人從新給賈母邢王二位夫人磕了頭老嬤嬤答
應了送他三人回去至房中鳳姐兒見無人方說道我怎麽像
個閻王又像夜叉那娼婦咒我死你也幫着咒我千日不好也
有一日好可憐我熬的連個混賬女人也不及了我還有什麽
臉過這個日子說着又哭了賈璉道你還不足你細想想昨兒
誰的不是多今兒當着人還是我跪了一跪又賠不是你也爭
足了光了這會子還嘮叨難道你還叫我替你跪下纔罷太要

足了強也不是好事說的鳳姐兒無言可對平兒嗤的一聲又
笑了賈璉也笑道又好了眞眞的我也沒法了正說着只見一
個媳婦來回說鮑二媳婦吊死了賈璉鳳姐兒都吃了一驚鳳
姐忙收了怯色反喝道死了罷了有什麽大驚小怪的一時只
見林之孝家的進來悄回鳳姐道鮑二媳婦吊死了他娘家的
親戚要告呢鳳姐兒冷笑道這倒好了我正想要打官司呢林
之孝家的道我纔和衆人勸了會子又威嚇了一陣又許了他
幾個錢也就依了鳳姐兒道我沒一個錢有錢也不給他只管
叫他告去也不許勸他也不用鎭唬他只管叫他告他告不成
我還問他個以尸詐訛呢林之孝家的正在爲難見賈璉和他

使眼色兒心下明白便出來等著賈璉道我出去瞧瞧看是怎麽樣鳳姐兒道不許給他錢賈璉一逕出來和林之孝來商議着人去做好做歹許了二百兩發送纔罷賈璉生恐有變又命人去和坊官等說了將番役仵作人等叫幾名來帮着辦喪事那些人見了如此總要復辦亦不敢辦只得忍氣吞聲罷了賈璉又命林之孝將那二百銀子入在流水賬上分別添補開消過去又體己給鮑二些銀兩安慰他說另日再挑個好媳婦給你鮑二又有體面又有銀子有何不依便仍然奉承賈璉不在話下裡面鳳姐心中雖不安面上只管佯不理論因屋裡無人便和平兒笑道我昨兒多喝了一口酒你別埋怨打了那裡我

瞧瞧平兒聽了眼圈兒一紅連忙忍住了說道也沒打着只聽得外面說奶奶姑娘們都進來了要知後來端底且看下回分解

紅樓夢第四十四回終

紅樓夢第四十五回

金蘭契互剖金蘭語　風雨夕悶製風雨詞

話說鳳姐兒正撫恤平兒忽見衆姐妹進來忙讓了坐平兒斟上茶來鳳姐兒笑道今兒來的這些人倒像下帖子請了來的探春先笑道我們有兩件事一件是我的一件是四妹妹的還夾着老太太的話鳳姐兒笑道有什麽事這麽要緊探春笑道我們起了個詩社頭一社就不齊全衆人臉軟所以就亂了例了我想必得你去做個監社御史鐵面無私纔好再四妹妹爲畫園子用的東西這般那般不全回了老太太老太太說只怕後頭樓底下還有先剩下的找一找若有呢拿出來若沒有叫人買去鳳姐兒笑道我又不會做什麽濕咧乾的叫我吃東西去倒會探春笑道你不會做也不用你做你只監察着我們裡頭有偷安怠惰的該怎麽罰他就是了鳳姐兒笑道你們別哄我我早猜着了那裡是請我做監察御史分明叫了我去做個進錢的銅商罷咧你們弄什麽社必是要輪流着做東道兒你們的錢不彀花想出這個法子來勾了我去好和我要錢可是這個主意不是說的衆人都笑道你猜著了李紈笑道真真你是個水晶心肝玻璃人兒鳳姐笑道虧了你是個大嫂子呢姑娘們原是叫你帶着念書學規矩學針線哪這會子起詩社能用幾個錢你就不管了老太太太太罷了原是老封君你一個

月十兩銀子的月錢比我們多兩倍子老太太太太還說你寡婦失業的可憐不彀用又有個小子足足的又添了十兩銀子和老太太太太平等又給你園子裡的地各人取租子年終分年例你又是上上分兒你娘兒們主子奴才共總沒有十個人吃的穿的仍舊是大官中的通共算起來也有四五百銀子這會子你就每年拿出一二百兩來陪着他們頑頑兒有幾年呢他們明兒出了門子難道你還賠不成這會子你怕花錢挑唆他們來鬧我我樂得去吃個河落海乾我還不知道呢李紈笑道你們聽聽我說了一句他就說了兩車無賴的話眞眞泥腿光棍專會打細算盤分金掰兩的你這個東西虧了還托生在

詩書仕宦人家做小姐又是這麼出了嫁還是這麼着要生在貧寒小門小戶人家做了小子丫頭還不知怎麼下作呢天下人都叫你算計了去昨兒還打平兒虧你伸的出手來那黃湯難道灌喪了狗肚子裡去了氣的我只要替平兒打抱不平兒忖奪了半日好容易狗長尾巴尖兒的好日子又怕老太太心裡不受用因此沒來究竟氣還不平你今兒倒招我來了給平兒拾鞋還不要呢你們兩個很該換一個過兒纔是說的衆人都笑了鳳姐忙笑道哦我知道了竟不是爲詩爲畫來找我竟是爲平兒報仇來了我竟不知道平兒有你這麼位仗腰子的人想來就像有鬼拉着我的手是的從今我也不敢打他了平

姑娘過來我當着你大奶奶姑娘們替你陪個不是擔待我酒後無德罷說着衆人都笑了李紈笑問平兒道如何我說必要給你爭爭氣纔罷平兒笑道雖是奶奶們取笑兒我可禁不起呢李紈道什麽禁的起禁不起有我呢快拿鑰匙叫你主子開門找東西去罷鳳姐兒笑道好嫂子你且同他們去園子裏去纔要把這米帳合他們筭一筭那邊大太太又打發人來叫又不知有什麽話說須得過去走一走還有你們年下添補的衣裳打點給人做去呢李紈笑道這些事情我都不管你只把我的事完了我好歇着去省了這些姑娘們鬧我鳳姐兒忙笑道好嫂子賞我一點空兒你是最疼我的怎麽今兒爲平兒就不

疼我了往常你還勸我說事情雖多也該保全身子檢點着偷空兒歇歇你今兒倒反逼起我的命來了況且悞了別人年下的衣裳無碍他姐兒們的要悞了却是你的責任老太太豈不怪你不管閒事連一句現成的話也不說我寧可自己落不是也不敢累你呀李紈笑道你們聽聽說的好不好把他會說話的我且問你這詩社倒底管不管鳳姐兒笑道這是什麽話我不入社花幾個錢我不成了大觀園的反叛了麽還想在這裡吃飯不成明日一早就到任下馬拜了印先放下五十兩銀子給你們慢慢的做會社東道兒我又不會作詩作文的只不過是個大俗人罷了監察也罷不監察也罷有了錢了愁着你們

還不攆出我來說的衆人又都笑起來鳳姐兒道過會子我開了樓房所有這些東西叫人搬出來你們瞧要使得留着使要少什麼照你們的單子我叫人趕着買去就是了畫絹我就裁出來那圖樣没有在老太太那裡那邊珍大爺收着呢說給你們省了碰釘子去我去打發人取了來一併叫人連絹交給相公們礬去好不好呢李紈點頭笑道這難爲你果然這麽着還罷了那麽着偺們家去罷等着他不送了去再来鬧他說着便帶了他姐妹們就走鳳姐兒道這些事再没别人都是寶玉生出來的李紈聽了忙回身笑道正爲寶玉來倒忘了他頭一社是他悞了我們臉軟你說該怎麼罰他鳳姐想了想說道没别的法子只叫他把你們各人屋子裡的地罰他掃一遍就完了衆人都笑道這話不差說著纔要回去只見一個小丫頭扶着賴嬤嬤進來鳳姐等忙站起來笑道大娘坐下又都向他道喜賴嬤嬤向炕沿上坐了笑道我也喜主子們也喜要不是主子們的恩典我這喜打那裡來呢昨兒奶奶又打發彩哥賞東西我孫子在門上朝上磕了頭了李紈笑道多早晚上任去賴嬤嬤嘆道我那裡管他們由他們去罷前兒在家裡給我磕頭我没好話我說小子别說你是官了横行霸道的你今年活了三十歲雖然是人家的奴才一落娘胎胞兒主子的恩典放你出來上托着主子的洪福下托着你老子娘也是公子哥兒是的

讀書寫字也是丫頭老婆奶子捧鳳凰是的長了這麼大你那裡知道那奴才兩字是怎麼寫只知道享福也不知你爺爺和你老子受的那苦惱熬了兩三輩子好容易掙出你這個東西從小兒三灾八難花的銀子照樣打出你這個銀人兒來了到二十歲上又蒙主子的恩典許你捐了前程在身上你看那正根正苗忍飢挨餓的要多少你一個奴才秧子仔細折了福如今樂了十年不知怎麼弄神弄鬼求了主子又選出來了縣官雖小事情却大作那一處的官就是那一方的父母你不安分守已盡忠報國孝敬主子只怕天也不容你李紈鳳姐兒都笑道你也忒慮我們看他也就好先那幾年還進來了兩次這有好幾年沒來了年下生日只見他的名字就罷了前兒給老太太太太磕頭來在老太太那院裡見他又穿着新官的服色倒發的威武了比先時也胖了他這一得了官正該你樂呢反倒愁起這些來他不好還有他的父母呢你只受用你的就完了閒時坐個轎子進來和老太太鬪牌說說話兒誰好意思的委屈了你家去一般也是樓房廈廳誰不敬你自然也是老封君是的了平兒斟上茶來賴嬤嬤忙站起來道姑娘不管叫那孩子倒來罷了又生受你說着一面吃茶一面又道奶奶不知道這小孩子們全要管的嚴饒這麼嚴他們還偷空兒鬧個亂子來叫大人操心知道的說小孩子們淘氣不知道的人家就

說仗着財勢欺人連主子名聲也不好恨的我没法兒常把他老子叫了來駡一頓纔好些因又指寶玉道不怕你嫌我如今老爺不過這麼管你一管老太太就護在頭裡當日老爺小時你爺爺那個打誰没看見的老爺小時何曾像你這麼天不怕地不怕的還有那邊大老爺雖然淘氣也没像你這扎窩子的樣兒也是天天打還有東府裡你珍大哥哥的爺爺那纔是火上澆油的性子說聲惱了什麼兒子竟是審賊如今我眼裡看着耳朵裡聽着那珍大爺管兒子倒也像當日老祖宗的規矩只是著三不着兩的他自已也不管一管自已這些兄弟姪兒怎麼怨的不怕他你心裡明白喜歡我說不明白嘴裡不好意

思心裡不知怎麼駡我呢說着只見賴大家的來了接着周瑞家的張材家的都進來回事情鳳姐兒笑道媳婦來接婆婆來了賴大家的笑道不是接他老人家來的倒是打聽打聽奶奶姑娘們賞臉不賞臉賴嬤嬤聽了笑道可是我糊塗了正經說的都没說且說些陳穀子爛芝蔴的因為我們小子選出來了衆親友要給他賀喜少不得家裡擺個酒我想擺一日酒請這個不請那個也不是又想了一想托主子的洪福想不到的這麽榮耀光彩就傾了家我也願意的因此吩咐了他老子連擺三日酒頭一日在我們破花園子裡擺幾席酒一臺戲請老太太太太們奶奶姑娘們去散一日悶外頭大廳上一臺戲幾席

酒請老爺們爺們增增光第二日再請親友第三日再把我們兩府裏的伴兒請一請熱鬧三天也是托著主子的洪福一場光輝光輝李紈鳳姐兒都笑道多早晚的日子我們必去只怕老太太高興要去也定不得賴大家的忙道擇的日子是十四只看我們奶奶的老臉能了鳳姐兒笑道別人我不知道我是一定去的先說下我可沒有賀禮也不知道放賞吃了一走兒可別笑話賴大家的笑道奶奶說那裏話奶奶一喜歡賞我們三二萬銀子就有了賴嬤嬤笑道我纔去請老太太老太太也說去可算我這臉還好說畢叮嚀了一回方起身要走因看見周瑞家的便想起一事來因說道可是還有一句話問奶奶

這周嫂子的兒子犯了什麼不是攆了他不用鳳姐兒聽了笑道正是我要告訴你媳婦兒呢事情多也忘了賴嫂子回去說給你老頭子兩府裏不許收留他兒子叫他各人去罷賴大家的只得答應着周瑞家的忙跪下央求賴嬤嬤忙道什麼事說給我評評鳳姐兒道前兒我的生日裏頭還沒喝酒他小子先醉了老娘那邊送了禮來他不在外頭張羅倒坐著罵人禮也不送進來兩個女人進來了他纔帶領小么兒們往裏端小么兒們倒好好的他拿的一盒子倒失了手撒了一院子饅頭人去了我打發彩明去說他他倒罵了彩明一頓這樣無法無天的忘八羔子還不攆了做什麼賴嬤嬤道我當什麼事情原來

爲這個奶奶聽我說他有不是打他罵他叫他改過就是了攆出去斷乎使不得他又比不得是偺們家的家生子兒他現是太太的陪房奶奶只顧攆了他太太的臉上不好看我說奶奶教導他幾板子以戒下次仍舊留着纔是不看他娘也看太太鳳姐兒聽了便問賴大家的說道既這麽着明兒叫了他來打他四十棍以後不許他喝酒賴大家的答應了周瑞家的纔磕頭起來又要給賴嬤嬤磕頭賴大家的拉著方罷然後他三人去了李紈等也就回園中來至晚果然鳳姐命人找了許多舊收的畫具出來送至園中寶釵等選了一回各色東西可用的只有一半將那一半開了單子給鳳姐去照樣置買不必細說

一日外面礬了絹起了稿子進來寶玉每日便在惜春那裡幫忙探春李紈迎春寶釵等也都往那裡來閒坐一則觀畫二則便於會面寶釵因見天氣凉爽夜復漸長遂至賈母房中商議打點些針線來日間至賈母王夫人處兩次省候不免又承色陪坐閒時園中姐妹處也要不時閒話一回故日間不大得閒每夜燈下女工必至三更方寢黛玉每歲至春分秋分後必犯舊疾今秋又遇著賈母高興多遊玩了兩次未免過勞了神近日又復嗽起來覺得比往常又重所以總不出門只在自己房中將養有時悶了又盼個姐妹來說些閒話排遣及至寶釵等來望候他說不得三五句話又厭煩了衆人都體諒他病中且

素日形體姣弱禁不得一些委屈所以也接待不週禮數踈忽
也都不責他這日寶釵來望他因說起這病症來寶釵道這裡
走的幾個大夫雖都還好只是你吃他們的藥總不見效不如
再請一個高手的人來瞧一瞧治好了豈不好每年間鬧一春
一夏又不老又不小成什麽也不是個常法兒黛玉道不中用
我知道我的病是不能好的了且別說病只論好的時候我是
怎麽個形景兒就可知了寶釵點頭道可正是這話古人說食
穀者生你素日吃的竟不能添養精神氣血也不是好事黛玉
歎道生死有命富貴在天也不是人力可强求的今年比往年
反覺又重了些是的說話之間巳咳嗽了兩三次寶釵道昨兒

我看你那藥方上人參肉桂覺得太多了雖說益氣補神也不
宜太熱依我說先以平肝養胃爲要肝火一平不能尅土胃氣
無病飲食就可以養人了每日早起拿上等燕窩一兩冰糖五
錢用銀吊子熬出粥來要吃慣了比藥還强最是滋陰補氣的
黛玉嘆道你素日待人固然是極好的然我最是個多心的人
只當你有心藏奸從前日你說看雜書不好又勸我那些好話
竟大感激你往日竟是我錯了實在悞到如今細細筭來我母
親去世的時候又無姐妹兄弟我長了今年十五歲竟沒一個
人像你前日的話教導我怪不得雲丫頭說你好我往日見他
讚你我還不受用昨兒我親自經過纔知道了比如你說了那

個我再不輕放過你的你竟不介意反勸我那些話可知我竟自悞了若不是前日看出來今日這話再不對你說你方纔叫我吃燕窩粥的話雖然燕窩易得但只我因身子不好了每年犯了這病也沒什麼要緊的去處請大夫熬藥人參肉桂已經鬧了個天翻地覆了這會子我又興出新文來熬什麼燕窩粥老太太太太鳳姐姐這三個人便沒話那些底下老婆子丫頭們未免嫌我太多事了你看這裡這些人因見老太太多疼了寶玉和鳳姐姐兩個他們尚虎視躭躭背地裡言三語四的何況於我況我又不是正經主子原是無依無靠投奔了來的他們已經多嫌著我呢如今我還不知進退何苦叫他們咒我寶

釵道這麼說我也是和你一樣黛玉道你如何比我你又有母親又有哥哥這裡又有買賣地土家裡又仍舊有房有地你不過親戚的情分白住在這裡一應大小事情又不沾他們一文半個要走就走了我是一無所有吃穿用度一草一木皆是和他們家的姑娘一樣那起小人豈有不多嫌的寶釵笑道將來也不過多費得一付嫁粧罷了如今也愁不到那裡黛玉聽了不覺紅了臉笑道人家把你當個正經人纔把心裡煩難告訴你聽你反拿我取笑兒寶釵笑道雖是取笑兒卻也是真話你放心我在這裡一日我與你消遣一日你有什麼委屈煩難只管告訴我我能解的自然替你解我雖有個哥哥你也是知道

的只有個母親比你略强些偺們也筭同病相憐你也是個明白人何必作司馬牛之嘆你纔說的也是多一事不如省一事我明日家去和媽媽說了只怕燕窩我們家裡還有與你送幾兩每日叫丫頭們就熬了又便宜又不驚師動衆的黛玉忙笑道東西是小難得你多情如此寶釵道這有什麼放在嘴裡的只愁我人人跟前失於應候罷了這會子只怕你煩了我且去了黛玉道晚上再來和我說句話兒寶釵答應着便去了不在話下這裡黛玉喝了兩口稀粥仍歪在床上不想日未落時天就變了淅淅瀝瀝下起雨來秋霖脉脉陰晴不定那天漸漸的黄昏時候了且陰的沉黑兼着那雨滴竹稍更覺凄凉知寶釵

不能來了便在燈下隨便拿了一本書那是樂府雜稿有秋閨怨别離怨等詞黛玉不覺心有所感不禁發于章句遂成代别離一首擬春江花月夜之格乃名其詞為秋窗風雨夕詞曰

秋花慘淡秋草黄　耿耿秋燈秋夜長
已覺秋窗秋不盡　那堪風雨助凄凉
助秋風雨來何速　驚破秋窗秋夢續
抱得秋情不忍眠　自向秋屏挑淚燭
淚燭搖搖爇短檠　牽愁照恨動離情
誰家秋院無風入　何處秋窗無雨聲
羅衾不奈秋風力　殘漏聲催秋雨急

連宵脈脈復颼颼　燈前似伴離人泣
寒煙小院轉蕭條　疏竹虛窗時滴瀝
不知風雨幾時休　已教淚灑窗紗濕
吟罷擱筆方欲安寢丫鬟報說寶二爺來了一語未盡只見寶玉頭上戴着大箬笠身上披着簑衣黛玉不覺笑道那裡來的這麼個漁翁寶玉忙問今兒好吃了藥了沒有今兒一日吃了多少飯一面說一面摘了笠脫了簑一手舉起燈來一手遮着燈兒向黛玉臉上照了一照覷着瞧了一瞧笑道今兒氣色好了些黛玉看他脫了簑衣裡面只穿半舊紅綾短襖係着綠汗巾子膝上露出綠紬撒花褲子底下是掐金滿繡的綿紗襪怕

子靸著蝴蝶落花鞋黛玉問道上頭怕雨底下這鞋襪子是不的也倒乾淨些呀寶玉笑道我這一套是全的一雙棠木屐纔穿了來脫在廊簷下了黛玉又看那簑衣斗笠不是尋常市賣的十分細緻輕巧因說道是什麼草編的怪道穿上不像那刺蝟是的寶玉道這三樣都是北靜王送的他閒常下雨時在家裡也是這樣你喜歡這個我也弄一套來送你別的都罷了惟有這斗笠有趣上頭這頂兒是活的冬天下雪戴上帽子就把竹信子抽了去拿下頂子來只剩了這個圈子下雪時男女都帶得我送你一頂冬天下雪戴黛玉笑道我不要他戴上那個成了畫兒上畫的和戲上扮的那漁婆兒了及說了出來方想

起來這話恰與方纔說寶玉的話相連了後悔不迭羞的臉飛紅伏在棹上嗽個不住寶玉却不留心因見案上有詩遂拿起來看了一遍又不覺叫好黛玉聽了忙起來奪在手內燈上燒了寶玉笑道我已記熟了黛玉道我要歇了你請去罷明日再來寶玉聽了回手向懷內掏出一個核桃大的金表來瞧了一瞧那針已指到戌末亥初之間忙又揣了說道原該歇了又攪的你勞了半日神說着披簑戴笠出去了又翻身進來問道你想什麽吃你告訴我我明兒一早回老太太豈不比老婆子們說的明白黛玉笑道等我夜裡想着了明日一早告訴你你聽雨越發緊了快去罷可有人跟沒有兩個婆子答應有在外面

拿着傘點着燈籠呢黛玉笑道這個天點燈籠寶玉道不相干是羊角的不怕雨黛玉聽說回手向書架上把個玻璃繡球燈拿下來命點一枝小蠟兒來遞與寶玉道這個又比那個亮正是雨裡點的寶玉道我也有這麽一個怕他們失脚滑倒了打破了所以沒點來黛玉道跌了燈值錢呢是跌了人值錢你又穿不慣木屐子那燈籠叫他們前頭點着這個又輕巧又亮原是雨裡自己拿着的你自己手裡拿着這個豈不好明兒再送來就失了手也有限的怎麽忽然又變出這剖腹藏珠的脾氣來寶玉聽了隨過來接了前頭兩個婆子打着傘拿着羊角燈後頭還有兩個小丫鬟打着傘寶玉便將這個燈遞給一個小

丫頭捧着寶玉扶着他的肩一逕去了就有蘅蕪苑兩個婆子也打着傘提着燈送了一大包燕窩來還有一包子潔粉梅片雪花洋糖說這比買的強我們姑娘說姑娘先吃着完了再送來黛玉回說費心命他外頭坐了吃茶婆子笑道不喝茶了我們還有事呢黛玉笑道我也知道你們忙如今天又涼夜又長越發該會個夜局賭兩場了一個婆子笑道不瞞姑娘說今年我沾了光了橫豎每夜有幾個上夜的人悞了更又不好不如會個夜局又坐了更又解了悶今兒又是我的頭家如今園門關了就該上場了黛玉聽了笑道難爲你們悞了你們的發財冒雨送來命人給他們幾百錢打些酒吃避避雨氣那兩個

婆子笑道又破費姑娘賞酒吃說着磕了頭出外面接了錢打傘去了紫鵑收起燕窩然後移燈下簾伏侍黛玉睡下黛玉自在枕上感念寶釵一時又羨他有母有兄一回又想寶玉素昔和睦終有嫌疑又聽見窗外竹梢蕉葉之上雨聲淅瀝淸寒透幕不覺又滴下淚來直到四更方漸漸的睡熟了暫且無話要知端底且看下回分解

紅樓夢第四十五回終